AF381352

Divina Comedia

de Dante Alighieri

Entiende fácilmente la literatura con

**Resumen
Express.com**

www.resumenexpress.com

DANTE ALIGHIERI

POLÍTICA, RELIGIÓN Y LITERATURA

- **Nacido c. 1265 en Florencia (Italia)**
- **Fallecido en 1321 en Rávena (Italia)**
- **Algunas de sus obras:**
  - *De vulgari eloquentia*
  - *El Convivio*
  - *La vida nueva*

Dante nació en una familia acomodada y con algo de estatus dentro del escenario político de Florencia. Su padre, Alighiero di Bellincione, era un güelfo blanco, es decir, apoyaba al papa y sus políticas, en contraposición a los gibelinos, quienes eran partidarios del emperador del Sacro Imperio Romano Germánico. La política fue esencial en la vida de Dante: formó parte de la caballería güelfa en la batalla de Campaldino y estuvo involucrado en la administración de la ciudad de Florencia durante varios años.

A los nueve años, Dante se enamoró a primera vista de Beatriz Portinari —sin haber hablado una sola vez con ella—, que sería la inspiración de *La vida nueva* y la *Divina Comedia*, sobre todo tras su muerte en 1290.

Las luchas políticas de Dante lo llevaron al exilio, primero durante dos años, y luego definitivamente, situación que se convirtió en otro de los temas centrales de la *Divina Comedia*. La lejanía lo haría concebir el proyecto monumental, la *Divina Comedia*, un texto de una magnitud nunca antes vista en Florencia. Un año antes de su muerte —seguramente a causa de malaria contraída durante uno de sus viajes— terminó el Paraíso, desilusionado de la política.

LA DIVINA COMEDIA

LA FINALIZACIÓN DEL MEDIOEVO

- **Género**: poesía narrativa
- **Edición de referencia:** Alighieri, Dante. 2010. *Divina Comedia*. Madrid: Alianza Editorial
- **Primera edición**: el manuscrito original no se ha salvado. Hay que tener en cuenta que el texto se empezó a escribir en 1308 y se terminó en 1320
- **Temáticas:** amor cortés, historia de la literatura, religión, arquitectura y ciudad, islam y Dante, chisme y pueblo, arte y música de la *Divina Comedia*

La *Divina Comedia* no solo formalizó la lengua italiana que conocemos hoy día al extenderla por todo el país, sino que también conformó un imaginario en torno a la religión. Hasta la escritura del libro, nunca se había tenido constancia de una descripción del infierno. Con la ayuda de evangelios apócrifos, Dante le dio forma al submundo. Además, acercó la teología de los medievales a la vida social, al llenar el infierno, el purgatorio y el paraíso con personajes políticos y religiosos. El texto crea una arquitectura para cada uno de los tres espacios: el infierno es caótico; el purgatorio está lleno de obras de arte; el cielo es un espacio etéreo.

La *Divina Comedia* sigue a un Dante confundido, que se adentra en el infierno, el purgatorio y el cielo de la mano de Virgilio, poeta romano. El camino de Dante es una tremenda metáfora sobre el amor. Por el paraíso lo guía Beatriz, la amada muerta, que no es solo su amada, sino que también es su salvación espiritual. Al mismo tiempo, el camino es político: Dante salva y condena a la gente que conoce, a los personajes notables de la época. En esa medida, el libro es moderno, está basado en el chisme.

La obra de Dante marca el final de la Edad Media y el comienzo del Renacimiento. Del Medioevo toma la mirada religiosa del amor y del mundo; del Renacimiento toma el interés en lo humano. La arquitectura del libro está ligada a la religión: los castigos y premios de Dios son aplicados a los seres humanos normales y corrientes, pero también los chismes de la época son fundamentales.

RESUMEN

TRES BESTIAS

Dante, atemorizado, aparece en una selva tenebrosa. Una pantera, un león y una loba lo persiguen. Huye y se encuentra con Virgilio, su maestro, que lo tranquiliza; va a ser su guía. Virgilio le revela que lo ha enviado Beatriz, su amada. Los viajeros bajan al Infierno. En el Vestíbulo se encontrarán con los indecisos, condenados a que insectos enormes los persigan hasta el Aqueronte.

EL RÍO AQUERONTE Y EL TERRE-MOTO EN EL INFIERNO

Al cruzar el Aqueronte, Dante llega al Primer Círculo del Infierno, el Limbo. Allí, los no bautizados sufren. Los poetas clásicos como el mismo Virgilio son castigados; son bondadosos, pero no conocieron a Cristo. Algunos de los condenados, como Moisés, fueron llevados al Paraíso por Cristo, que baja al Infierno antes de la resurrección y provoca un terremoto.

En el Segundo Círculo, Minos juzga a los lujuriosos, que son empujados por una tormenta. En este círculo están los famosos Paolo y Francesca.

El Tercer Círculo corresponde a los glotones, hundidos en el lodo, y encima de los que cae granizo. Además, Cerbero los apalea.

Los avaros y dilapidadores llenan el Cuarto Círculo, arrastrando bolas de oro.

El Quinto Círculo es un pantano que alimenta al río Estigio. Los pecadores que se han dejado vencer por la ira están hundidos y se pegan a sí mismos. Por otra parte, los perezosos están sumergidos.

El Sexto Círculo corresponde a la ciudad de Dite, una metrópoli demoníaca. Los herejes están encerrados en sepulcros llameantes.

EL MINOTAURO CELADOR Y LOS RÍOS DE SANGRE HIRVIENTE

El Minotauro, monstruo mitológico con cuerpo de hombre y cabeza de toro, cuida el Séptimo Círculo. Este está dividido en tres recintos en los que se castiga la violencia: en el primero, se castiga a los homicidas, que quedan inmersos en el Flegetonte —un río de sangre hirviente— y, si intentan salir, unos centauros les disparan flechas; en el segundo recinto, sufren los pecadores que han atentado contra sí mismos, los suicidas, cuyos cuerpos han sido transformados en árboles; finalmente, el último recinto lo ocupan aquellos que han sido violentos contra Dios, la naturaleza y el arte, y sobre los que cae una lluvia ardiente que los quema.

El Octavo Círculo está dividido en fosas, en las que se castiga a los engañadores. En la primera fosa están los proxenetas y embaucadores, que son azotados por demonios. En la segunda, se encuentran los aduladores, que nadan en excrementos. La tercera fosa está repleta de pecadores que han vendido ayudas espirituales —cargos en la Iglesia, salvaciones—. Están hundidos en fosas y las llamas queman sus pies. Los adivinos y magos tienen el rostro en la nuca y difícilmente pueden caminar. Los corruptos están en la quinta fosa, sumergidos en alquitrán. Los que tratan de salir son heridos por ejércitos de demonios. En la sexta fosa se castiga a los hipócritas, que están condenados a vestir una túnica que por fuera es dorada, pero que por dentro es de plomo. Las serpientes abundan en la séptima fosa, dedicada a los ladrones. Tienen las manos atadas por serpientes que se les clavan en los riñones. La octava fosa está llena de lenguas de fuego que lastiman a los consejeros engañosos. Allí, Dante encuentra a Ulises, y le pregunta por su suerte después de la guerra de Troya. Este Ulises responde que salió a navegar y se perdió, que se encontró con un monte altísimo, el Purgatorio, y que luego un viento fuerte lo hundió en el mar. Luego, se nos describe la novena fosa, en la que se castiga a los responsables de grandes separaciones: los demonios desmiembran sus cuerpos y luego suturan las heridas. En la décima fosa están los falsificadores, que sufren enfermedades que los deforman.

EL CONDE CANÍBAL Y LUCIFER, EL ÁNGEL CAÍDO

El Noveno Círculo, separado por un pozo, alberga a los traicioneros. La superficie del círculo es un lago congelado. El lago recibe el nombre de Cocito y está dividido en cuatro recintos.

El primer recinto se llama Caína y en él se castiga a los que han traicionado a sus familiares: están hundidos hasta el cuello en el Cocito y miran hacia el fondo.

Los que traicionan en política están en el segundo recinto, Antenora. También están sumergidos y tienen la nuca congelada. Este recinto es famoso por el conde Ugolino, que aparece comiéndose la cabeza de otro pecador. El conde le cuenta a Dante que estuvo en una cárcel con sus hijos. Ya acabados, los hijos le dijeron que comiera de sus cuerpos y, tal como dice el propio Ugolino, su hambre pudo más que su dolor.

En el tercer recinto del Noveno Círculo, Tolomea, se castiga a los que han traicionado a sus huéspedes. Los castigados están boca arriba, y sus lágrimas se congelan.

El último recinto es la Judeca. Allí se castiga a los que han traicionado a sus protectores. Los condenados se encuentran incrustados en el hielo en distintas posiciones. Lucifer castiga en lo más profundo del Infierno. Tiene tres bocas que desgarran a tres traidores: la boca central, a Judas, que traicionó a Cristo, y las otras dos bocas a Bruto y a Cayo Casio Longino, que traicionaron a César.

Dante y Virgilio aprovechan un aleteo de Lucifer y se agarran a su cuerpo. Escalan el tronco hasta que salen del Infierno. Después de varias horas de viaje, Dante puede ver las estrellas.

LA LIMPIEZA DEL PECADO Y LAS SIETE LETRAS EN LA FRENTE

El Purgatorio se divide en Siete Cornisas donde se limpian los pecados capitales.

La primera parada de Dante y Virgilio es el Antepurgatorio. Allí están los que se arrepintieron tarde de sus pecados. Dante, en sueños, es ayudado por Santa Lucía a llegar al Purgatorio. Un ángel le pone siete «pes» en la frente que se irán borrando a medida que limpie sus pecados.

Las tres primeras cornisas limpian pecados que hieren a la persona amada. La primera está dedicada a la soberbia. Esta cornisa tiene un bajorrelieve que da un ejemplo sobre humildad: la Anunciación del ángel Gabriel a María. Los soberbios suben una cuesta con una piedra en la espalda. Un ángel borra la primera «p» de la frente de Dante.

La Segunda Cornisa está dedicada a la envidia. Dante y Virgilio escuchan voces que cuentan ejemplos de caridad. Los pecadores tienen los ojos cosidos con alambres.

La ira se purga en la Tercera Cornisa. Dante tiene visiones en las que se le revelan cuadros de humildad.

SUEÑOS, COMIDA, AMOR Y LA PARED DE FUEGO

El pecado purgado en la Cuarta Cornisa es la pereza. Como son haraganes, los pecadores están condenados a trabajar incesantemente.

En la Quinta Cornisa se purga la avaricia, el amor exagerado por los bienes materiales. Los avaros están acostados bocabajo sin poder moverse.

La gula es purgada en la Sexta Cornisa. Está llena de árboles y tras ellos salen voces que hablan de moderación. Los glotones no pueden alcanzar los frutos de los árboles.

La Séptima Cornisa alberga a los lujuriosos. En esta cornisa hay una pared de fuego por la que tienen que pasar las almas. Al pasar, cuentan ejemplos de moderación. En este punto, Virgilio se despide: su lugar es el Infierno y no puede acceder al Paraíso.

EL GRIFO Y LA CARROZA DORADA

Dante entra al Paraíso Terrenal. Con Santa Matilda, ve una procesión: está formada por cuatro animales, por un carro en el que va Beatriz, por un Grifo que representa a Cristo, por tres mujeres —la Fe, la Caridad y la Esperanza—, por dos ancianas que representan los Hechos de los Apóstoles y las Cartas de Pablo y, finalmente, por un viejo que representa el Apocalipsis.

Dante se sumerge en el río Leteo y olvida sus pecados. Beatriz le augura un futuro triunfante a la Iglesia. Dante está listo para el Paraíso, hogar de las estrellas.

LA ENTRADA AL CIELO Y LA ESFERA MÓVIL DE FUEGO

El Paraíso está dividido en nueve cielos que corresponden a algunos planetas del Sistema Solar. Estos coinciden con la cosmología aristotélica: los astros del Universo se mueven gracias a cuerpos que los empujan. Para Dante, estos cuerpos son los seres angelicales.

Dante y Beatriz ascienden al Paraíso en una esfera

de fuego. El primer Cielo es el de la Luna. En ella reposan los que eran bondadosos pero que por presión cometieron malas acciones. Dante ve a estas almas como reflejos en aguas cristalinas. Este Cielo lo mueven los ángeles, los seres de menor jerarquía en las cortes angelicales.

El segundo Cielo es el de Mercurio, donde reposan las almas que fueron virtuosas al buscar la fama terrenal y no la divina. Estas almas parecen brillos. Los arcángeles —que también forman parte de la jerarquía más baja— son los encargados de mover este Cielo.

Las almas que han amado demasiado se encuentran en el Cielo de Venus, y se ven como fulgores veloces.

LOS SABIOS Y UNA CRUZ ROJA ENORME

El Sol es el Cielo de los sabios. Allí se encuentran los Doctores de la Iglesia, santos que establecieron las bases del catolicismo. Unas inteligencias de categoría mayor mueven este Cielo: las potestades. En el Sol, las almas están organizadas en círculos brillantes.

En el Quinto Cielo, el de Marte, se encuentran las almas de los que murieron por la fe. El primer mártir de la Iglesia es Cristo, así que se encuentra en el centro del cielo y de una cruz roja conformada por las almas. Las virtudes, que constituyen la segunda jerarquía angelical, son las responsables del movimiento de este Cielo.

El Cielo de Júpiter es el de los justos. Sus almas parecen luces que forman un versículo del Libro de la Sabiduría, y luego un águila gigantesca.

Saturno alberga a las almas contemplativas. Estas almas son resplandores que suben y bajan escaleras luminosas. En este Cielo, los encargados del movimiento son los tronos, que son los seres de la más alta jerarquía.

LA VISIÓN DE DIOS

Desde el Cielo de las Estrellas Fijas, Dante puede ver con claridad los planetas. Las almas danzan alrededor de una luz que se desprende de Cristo y de la Virgen. Los querubines, que forman parte de la primera jerarquía angelical, mueven los objetos de este Cielo.

El Cielo Cristalino es el primero de los cielos. En él, Dante discutirá la caída en desgracia de ciertos ángeles. Posteriormente, Beatriz sonríe como nunca al subir al Empíreo.

El Empíreo es el espacio de residencia de la Virgen María y los ángeles. También es el lugar de Dios. El Empíreo no tiene tiempo ni espacio. Entre las cortes de los ángeles, hay tres círculos concéntricos de luz: el Padre, el Hijo y el Espíritu Santo. Abajo se ven las estrellas.

ESTRUCTURA DE LA *DIVINA COMEDIA*

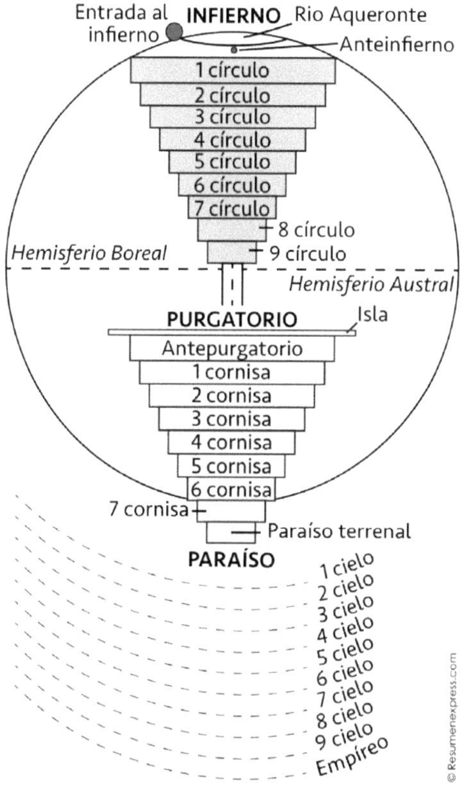

ESTUDIO DE LOS PERSONAJES

No resulta nada fácil hacer un catálogo completo de los personajes de la *Divina Comedia*. Los círculos infernales, las cornisas del Purgatorio y los cielos del Paraíso están repletos de personas de todas las épocas anteriores a Dante, de individuos notables de su tiempo, y de hombres y mujeres de la mitología y los textos bíblicos. Dante se esforzó en poblar estos tres espacios de gente, hasta tal punto que el lector se puede sentir apabullado: el texto está lleno de ciudades enteras, épocas y creencias vivas.

El tema de los personajes es, quizás, con lo que el texto se hace más rico, por la multitud que muestra. Lo humano, posiblemente por primera vez, se muestra orgánico y variado.

DANTE

Con la aparición de este personaje, llamado Dante al igual que el autor del texto, se inicia una tradición biográfica en la literatura. Ya no solo se trata de construir personajes interesantes para los lectores, sino que el mismo escritor se involucra en la historia. Así pues, una de las primeras biografías que aparecieron en la historia de la literatura fue la de Dante. Su recorrido es intenso; a medida que avanza por el Infierno, el Purgatorio y el Paraíso, Dante se examina a sí mismo, se conoce, se va construyendo como personaje, y su vida cobra sentido en la medida en que pone su nombre sobre el papel: «Dante Alighieri».

Además, Dante sirve de hoyo en la pared, a través del cual el lector puede ver lo que pasa en estos espacios divinos. Su importancia no radica tanto en lo que dice o lo que hace, sino en lo que nos permite ver, en quién se fija, con quiénes habla. Dante camina y nos va mostrando mundos alternos de los cuales no sabíamos demasiado. Es un chismoso, un tipo al que le gusta interrogar y encontrarse en el Infierno con los curas y reyes de su época.

Podemos pensar en Dante como lo hacemos con los escritores de guías de viaje. Igual que en estos textos, a Dante le interesa que veamos los sitios de interés, que conozcamos en profundidad los tres espacios divinos. Nos toma de la mano, por lo que no es un personaje que solo vemos desde fuera, sino que es nuestro compañero de viaje, el que va a nuestro lado. Su voz es la que narra la historia y, de esta forma, se convierte en guía del viaje por el libro.

VIRGILIO

Igual que nosotros tenemos a Dante como compañero de viaje, Dante tiene a Virgilio. Virgilio se muestra siempre compasivo y resuelto. Siempre está dispuesto a ayudar en el Infierno y el Purgatorio; es el viajante perfecto: sin prisas y solidario. Pero, además, es un puente con la historia de la literatura. Dante era perfectamente consciente de todos los escritores y pensadores que lo precedieron y, de hecho, en su obra hizo que muchos vivieran entre los límites de los espacios divinos para honrarlos. Con Virgilio hay una honra mayor: es el guía que no solo transita físicamente por la ciudad de Dite o por el monte del Purgatorio, sino que también instruye sobre cosmología, historia, literatura y lenguas. En otras palabras, es alguien con quien es interesante conversar. Su voz activa la de Dante y sus discusiones son apasionantes en medio de un viaje muy extenso.

BEATRIZ

Beatriz es, quizás, el personaje central de la *Divina Comedia*. Algunos intérpretes han querido darle una identidad y una biografía, decir que fue real y que Dante la vio una o dos veces solamente. Sin embargo, lo importante del personaje es todo el imaginario que conlleva. La imaginación de Dante la transforma en una heroína y en una muestra de todo lo que es bueno en el mundo. Está vinculada al amor, pero también a Dios. Y, aunque forme parte de un imaginario celestial que a veces puede parecer inocente, según Erich Auerbach, junto con el mismo Dante, es la primera muestra de un personaje humano tan complejo como los que concebimos en la actualidad, con aristas, varias dimensiones, flaquezas y contradicciones.

MAHOMA

La inclusión de Mahoma en la *Divina Comedia* ha sido fuente de debates. Si bien se ha demostrado que el libro tiene una influencia importantísima de textos árabes, Dante solo puede ver a Mahoma como a un traidor. Incluso lo desprecia en el texto y hace caso omiso de sus súplicas. Por la época y por las preguntas en torno a la cultura, la inclusión del profeta del islam es interesante. Asimismo, cabe destacar que Dante ve a otros pensadores y guerreros musulmanes como Avicena o Saladino de forma positiva, y que además están en el Limbo, espacio dedicado a los justos que no conocieron a Cristo. Estos personajes nos abren caminos para pensar, no solo en el Medioevo, sino también en nuestros tiempos.

FRANCESCA Y PAOLO

Francesca y Paolo son los dos amantes que Dante se encuentra en su incursión al Infierno. Además de amantes son cuñados, y por eso su relación fue proscrita. El hermano de Paolo y esposo de Francesca los asesina, y luego los amantes van a parar al Infierno. Dante cuenta su historia con emoción en un pasaje muy hermoso y recordado por los lectores. Paradójicamente, la condena de Francesca y Paolo no parece horrible: están condenados a estar abrazados por toda la eternidad mientras una ráfaga los levanta del suelo. Dante los ve con piedad, y ellos le agradecen esa perspectiva.

CONDE UGOLINO

La aparición del conde Ugolino es una de las más importantes de la *Divina Comedia* por su carácter macabro que ha inspirado obras de arte famosas y varios textos de análisis, entre los que se incluyen los de Borges. El canibalismo del conde llama la atención de Dante y de los lectores. La imagen de la boca del conde llena de cabellos del pecador que está engullendo es impactante. Ugolino es un personaje trágico, humano al final, por su complejidad y por la visión realista y cruel que se muestra de él.

CONSIDERACIONES FORMALES

ESTRUCTURA: LA CAJA CHINA DE LA *DIVINA COMEDIA*

La *Divina Comedia* está dividida en tres grandes partes: el «Infierno», el «Purgatorio» y el «Paraíso». El «Infierno» contiene 34 cantos —el primero de los cuales se considera un canto introductorio—, y el «Purgatorio» y el «Paraíso», 33 cada uno. Son textos estructuralmente pensados en torno a la figura de la Santísima Trinidad de la Iglesia católica, en torno al número tres.

Así pues, el número 33 que rige los cantos de cada una de las grandes partes del texto no es casual. Los múltiplos de tres, por ejemplo, se repiten en la organización de los nueve círculos del Infierno, de las nueve partes del Purgatorio y de los nueve cielos del Paraíso. Así mismo, los versos del texto son endecasílabos y están organizados en grupos de a tres, en los que el primer y el último verso de la estrofa riman, y el segundo verso rima con el primer y el tercer verso de la siguiente estrofa. Y, si se suman entre sí todas las sílabas de un solo verso, también dará como resultado el número 33:

«En mitad del camino de la vida
me hallé en el medio de una selva oscura
después de dar mi senda por perdida.
¡Ay, cuánto el descubrir es cosa dura
esta selva salvaje, áspera y fuerte
que en el alma renueva la amargura!» (Alighieri 2010).

Este tipo de verso se ha llamado terceto encadenado, y al parecer fue una creación del mismo Dante para dotar a la *Divina Comedia*, incluso en sus aspectos formales, de perfección y de una relación con la teología.

Según Carlos Alvar, el número tres, al ser un símbolo de la perfección de Dios en tres personas —Padre, Hijo y Espíritu Santo— quiere también dar apariencia de perfección a la obra. Es un texto en el que cabe todo lo que cabe en el mundo, un pequeño microcosmos en el que toda la historia, los pensamientos, los recuerdos y los personajes están incluidos.

Dante prestó especial cuidado a estos símbolos. Por ejemplo, cada una de las tres grandes partes termina con la palabra «estrella», que para Dante es símbolo del conocimiento, del crecimiento natural del hombre y de su ascensión espiritual. Así mismo, si se suma el número de todos los cantos da como resultado el número cien, que en la Edad Media era un número especial que se incluía en los textos de enseñanza.

Quizás lo más interesante de estas formas que replican números importantes en la Edad Media sea que se corresponden a la par con la arquitectura de los espacios religiosos imaginados por Dante. Por ejemplo, las arquitecturas del Infierno y del Purgatorio son piramidales y, así, también llevan la impronta del número tres. Es decir, que dentro de la construcción de los espacios se ve reflejada la construcción del lenguaje. No es casual que Satanás tenga tres bocas que engullen eternamente.

LENGUAJE Y ESTILO

La *Divina Comedia* condensa una variedad de estilos que para la época era inédita. Los registros están en clave cómica, trágica, épica y poética.

No se puede decir que Dante haya privilegiado algún género de la literatura, pues se considera que exploró todas las facetas de lo literario. Así, cuando habla de los hipócritas que están hundidos en excremento, el lenguaje es cómico y muy popular; cuando cuenta la historia de los amantes Paolo y Francesca, el estilo es nostálgico y apasionado, tal y como el de los poetas trovadorescos de la literatura occitana; y en el pasaje de Ugolino, la narración es teatral y sombría. Estos tres pasajes famosos del texto nos presentan facetas totalmente distintas de la literatura.

Así mismo, la lengua de Dante se ve transformada por estos distintos estilos. El lenguaje pasa de ser devoto a ser completamente vulgar en cuestión de versos; retoma formas clásicas y se vuelve, de pronto, totalmente narrativo. No se puede decir que haya una sola forma, pues, igual que los personajes son orgánicos y múltiples, la lengua también toma diversos formatos.

En esa medida, la *Divina Comedia* se convierte en el paradigma de la lengua italiana. Al usar diversos registros del dialecto toscano —lengua materna del poeta—, Dante constituye un idioma estándar que luego será usado por todo un país y una cultura. En términos generales, no solo usa el idioma de manera correcta, sino que también lo construye, lo moldea; es el padre de todo un nuevo sentido del idioma. Cabe anotar, con respecto a este tema, que para la época Dante es un revolucionario. La mayoría de textos de su tiempo se escriben en latín, así que la inclusión de una lengua vulgar que luego se consideraría el italiano estándar fue un movimiento experimental. Este movimiento solo se puede dar, precisamente, por la atracción hacia formas, palabras y expresiones que no se consideraban cultas en su momento, por hablar en una lengua vulgar de asuntos que nadie se había detenido a pensar.

El texto de Dante no solo es uno de los más ricos de la literatura en lo que respecta a la lengua, sino que también lo es en cuanto a su interpretación. El texto es una alegoría compleja, una metáfora extendida. Es decir, que podemos leer el texto de Dante de corrido, entendiendo lo que sus palabras nos dicen directamente, pero también hay un significado profundo en esas palabras. Por ello, por ejemplo, el primer pasaje del texto en el que Dante se encuentra en una selva oscura puede leerse de dos formas: una literal, en la que Dante efectivamente está perdido en un bosque lúgubre entre alimañas y bestias, y otra en la que la imagen de esa selva representa la confusión espiritual de Dante; no solo está perdido físicamente, sino también en cuanto a sus pensamientos y su ética.

Además de la alegoría enorme que es la *Divina Comedia* —que no solo es un viaje físico de Dante, sino que también es un viaje espiritual—, el escritor introduce pequeñas alegorías dentro de esa alegoría mayor. La carroza del purgatorio representa a la Iglesia, por ejemplo, de una forma totalmente compleja: mediante la unión de varias representaciones, de símbolos que se encadenan y forman un significado mayor. Los personajes, como Virgilio o Beatriz, representan virtudes y búsquedas del conocimiento humano —Virgilio la sabiduría y Beatriz la fe—. Así, la *Divina Comedia* no es solo una alegoría extendida (lo cual ya es lo suficientemente complejo), sino que además es una colección de representaciones. Mediante el uso de estos significados ocultos que son las alegorías, Dante representa todo lo que ha existido, existirá y existe. Nada se escapa a ese ojo simbólico que nos guía. De hecho, en una carta a un gobernante, el Can Grande Della Scalla, Dante explica su procedimiento con detalles. Propone ya no dos, sino cuatro niveles de interpretación de su texto.

Sin embargo, no debemos olvidar que todas estas teorías complejas de Dante, toda su simbología, alegorías y nuevos usos, tienen un objeto que en realidad nos puede tocar a todos los lectores: representar historias de lo humano. A pesar de su complejidad, estos personajes no son demasiado lejanos a lo que esperaríamos encontrar en una novela o en un cuento del siglo XX. Todo lo contrario, tienen unas contradicciones que parecen muy modernas.

TEMÁTICAS Y CLAVES DE LECTURA

Seguramente todos los lectores de la *Divina Comedia* han escuchado de un adjetivo a veces común entre cierto tipo de intelectuales: «dantesco». No es casual que esta palabra haya entrado al diccionario de la Real Academia, y que algunas personas la usen con cierta regularidad. Lo dantesco significa algo siniestro, pero no solo porque nos asusta, o porque nos hace infelices, sino también porque es algo aparatoso, enorme, compuesto por una cantidad vasta de cosas. En el Infierno cabe de todo. Quizás, el Infierno no nos asusta por los castigos a los pecadores o porque si yo me comí un pedazo enorme de tarta pueda ir a parar al Tercer Círculo del Infierno, sino porque el mundo que construyó Dante es parecido al mundo en el que vivimos. Nuestras ciudades actuales, con su caos y sus edificios unos sobre otros, se parecen mucho a ese Infierno. Ese Infierno contiene todos los temas del hombre: el destierro, la religión, el amor, la crueldad y la tristeza.

AMOR CORTÉS

El amor platónico ha sido tomado por las telenovelas que vemos por las noches. Asombraría ver cuánto de la Edad Media aprendimos en cuanto a la forma de amar. Aunque es claro que como contemporáneos amamos de otras formas —solo la sexualidad es un elemento distintito en nuestras relaciones y que para un medieval sería más o menos impensable—, todavía hay un imaginario medieval en la forma en que se presenta el amor en la televisión, por ejemplo: un amor puro, para toda la vida, ideal.

Hablemos de los poetas provenzales. La región de Provenza queda al sureste de Francia y es una de las más hermosas de Europa. De allí, como si fuera en consonancia con un paisaje lleno de viñedos y de campos morados y amarillos, surgieron poetas bastante habilidosos, y una de las primeras lenguas vulgares en usarse para escribir. ¿Qué fue tan importante para los poetas provenzales? Hasta ese momento toda la poesía se había usado para escribir sobre la guerra. *La Iliada* y *La Odisea* habían establecido el paradigma de que la poesía debía hablar sobre armas, batallas, escudos, buques de demolición y escuadrones militares. Los poetas provenzales comenzaron a escribir sobre el amor y la intimidad. No les interesaba tanto la destrucción, sino la forma en que se relacionaban los amantes y la dulzura de las parejas.

En esa medida, los provenzales eran bastante modernos. No se dedicaban a escribir sobre las proezas de los grandes hombres, sino sobre los amores cotidianos en las cortes europeas. Por supuesto, siempre con una idealización. Los amores corteses de los que hablaban los provenzales eran amores prohibidos. Muchas veces se trataba de hombres que anhelaban a una mujer casada con la que no tenían contacto alguno. Por ello, más que conocerlas, dejaban volar la imaginación y las convertían en seres ideales, puros, que no tenían pecado.

Para Dante, los poetas provenzales son maestros. La literatura italiana toma mucho de ellos y, en cierto sentido, continúa con la tradición del amor cortés y de las lenguas vulgares provenientes del latín convertidas en literatura. De hecho, según José Antonio Trigueros, en el libro *Conceptos fundamentales de la poética teórica de*

Dante Alighieri, los trovadores provenzales eran leídos como clásicos, igual que nosotros leemos a Dante o a Homero.

Como ya hemos dicho, Dante tiene un amor idealizado, Beatriz. La imagen de Beatriz está relacionada con Dios. Dante la imagina como un ser perfecto, hermoso y puro. De hecho, en un momento ella lo regaña por ser pecador. Sin embargo, aunque la construcción de Beatriz es idealizada, también es compleja. Las amadas sobre las que escribían los trovadores a veces podían ser unidimensionales. Beatriz es compleja, cambia a través de la historia, tiene relaciones con otros personajes. Por supuesto, sigue siendo un amor cortés en la medida en que Dante pone a Beatriz en un altar demasiado alejado de sus preocupaciones mundanas (de hecho, mientras Beatriz está en el Paraíso, Dante considera que su lugar natural al morir será el Purgatorio), pero ya hay algo moderno en ella, una definición precisa y compleja de sus rasgos.

HISTORIA DE LA LITERATURA

La *Divina Comedia* contiene todos los temas, todos los autores y todos los textos escritos hasta ese momento e incluso, nos atreveríamos a decir, de todas las épocas del futuro. En la torre inicial del Infierno vemos a Ovidio y a Homero con una expresión de tristeza en los rostros; en el Purgatorio, autores de la época elogian a Dante por el texto temprano del autor toscano, *La vida nueva*; en el Paraíso, Dante conversa con santo Tomás, el filósofo más importante de la Edad Media.

Además de ser comedia, tragedia, teatro, chiste y chisme, la *Divina Comedia* es también un manual de literatura. Por decirlo de algún modo, en este texto Dante integra a sus jugadores favoritos; es el álbum del mundial de la época, donde Dante propone su alineación ideal: Ovidio, Virgilio, Homero, Avicena, Horacio, santo Tomás, Lucano, Seudodionisio, Salomón, Isidoro de Sevilla, san Agustín. Y, como si fuera poco, también hace un catálogo de personajes literarios, bíblicos y mitológicos: Eneas, Electra, Héctor, Minos, el Minotauro.

Esas listas extensas de escritores y personajes serían una buena forma de estudiar la historia de la literatura. Al ponerlos en el Infierno, en el Purgatorio o en el Paraíso, Dante hace críticas en torno a su vida y a su literatura. Está pensando en su obra al darles cierto destino y no otro. Por ejemplo, Borges señala que le da un castillo a los escritores no católicos; los salva de cierta manera, pues están «condenados» a hablar eternamente de literatura, sin poder escribir.

Más importante que esta formación de una historia de la literatura es que Dante la complemente. El pasaje en que Ulises cuenta cómo murió es una invención de Dante. Allí no solo resume la historia de la literatura, sino que también la extiende, la hace más rica.

RELIGIÓN

La religión es uno de los ejes críticos de la *Divina Comedia* y posiblemente el más importante, por lo menos para algunos autores. El viaje de Dante se hace, precisamente, entre ángeles y demonios, cruzando puentes infernales, praderas del Purgatorio y astros paradisíacos. Sin embargo, lo más importante del texto es que retoma textos filosóficos y religiosos sobre la vida después de la muerte y los pone en un plano bastante personal.

Es decir, que no solamente estamos ante el terror que infunde Satanás o la gloria incomprensible de Dios, sino que vemos ese terror y esa gloria puestos al nivel de lo humano. El mismo Dante y los personajes a los que ve y con los que habla solo pueden maravillarse o aterrorizarse ante el destino que les ha preparado la divinidad.

En esa época, ya existían los textos que teorizaban en torno a lo que le pasaba al hombre después de la muerte. Sin embargo, Dante es el primero que llena el Infierno de personas comunes, de vicios que no se pensaban en reyes y sacerdotes.

ARQUITECTURA Y CIUDAD

El Evangelio Apócrifo de Nicodemo está dividido en dos partes. La primera está escrita desde el punto de vista de Poncio Pilatos y narra el juicio a Cristo. La segunda cuenta un viaje de Cristo a los Infiernos durante los tres días después de su muerte. En ese viaje rescata a los hombres piadosos que habían existido antes que él: Moisés, Adán, Noé. El descenso de Cristo hace que los cimientos del Infierno se vengan abajo. El terremoto es devastador. Dante recoge el Evangelio de Nicodemo y muestra la destrucción del terremoto.

Ese Evangelio es solo una de las tantas fuentes que toma Dante para construir una arquitectura del Infierno, el Purgatorio y el Paraíso. La importancia de esta construcción es capital. En el cristianismo no existía una visión general del Infierno, por ejemplo, y Dante fue el primero que introdujo en la mente de los lectores y los creyentes imágenes que aún hoy se ven en muchos sitios como en los dibujos animados, en las iglesias o en las películas.

La imagen del Infierno como una ciudad es también de vital importancia. Desde *La vida nueva*, Dante ya había introducido a las metrópolis como centro de su obra. La ciudad es ese lugar donde los habitantes se esconden, se relacionan, hablan y conforman una comunidad. El Infierno tiene los mismos problemas que una ciudad medieval e, incluso, los mismos que una ciudad contemporánea. Odios y amores, destrucciones, policías y criminales se mezclan en sus fuertes, murallas y puentes.

EL ISLAM Y DANTE

Ya se ha hablado en esta ficha bibliográfica de la relación problemática de Dante con la cultura musulmana. Así Palacios, un sacerdote español de inicios de siglo XX se encargó, de forma muy controvertida, de trazar los lazos entre la *Divina Comedia* y el islam. Se trata de una teoría muy aceptada en nuestros tiempos. Se sabe, por ejemplo, que Dante recogió mucho del texto *La escala de Mahoma*, en el que se cuenta cómo Mahoma visitó el infierno y el cielo. Las coincidencias entre los dos textos son enormes.

Así mismo, el Corán ya contenía imágenes del Paraíso y del Infierno, a diferencia de la Biblia, que pocas veces entra en detalles sobre estos lugares. Dante, claro, veía con desconfianza al islam, pero mucho de su conocimiento viene del pensamiento árabe, por vía de escritores españoles y de las traducciones de Avicena y Averroes de los textos aristotélicos.

¿Cuánto de lo que sabemos hoy sobre ciencias, religión, arte y arquitectura viene del pensamiento islámico? La influencia de ese pensamiento en la *Divina Comedia* puede desmentir la creencia de que lo árabe y lo occidental han estado separados por muros de intolerancia. En ciertos círculos y lugares de la Europa Medieval, el conocimiento musulmán fue de vital importancia. Aún hoy, en tiempos de guerras religiosas entre Oriente y Occidente, podemos reflexionar sobre este intercambio de ideas tan importante.

CHISME Y PUEBLO

El Dolce stil novo, grupo de poetas en el que generalmente se incluye a Dante, es pionero en explorar la noción de que fuera de los nobles y la realeza había grupos de personas con historias, emociones, pensamientos y lenguajes bastante ricos. Tomemos por ejemplo al *Decamerón* de

Boccaccio. El texto está construido con base en historias de personajes que son infieles en su matrimonio, vendedores de baratijas, personajes obsesionados con el sexo, engañadores y viciosos. Esos temas son muy distintos a los de, por ejemplo, el *Cantar de Mío Cid* o *La Iliada*. Mientras que en estos textos clásicos los protagonistas son hombres fuertes, inteligentes, bondadosos, poderosos y casi perfectos, los personajes de este grupo de poetas italianos están rebajados: son celosos, cotidianos, feos, corruptos, mentirosos e ingeniosos.

Dante no es la excepción. Por supuesto que muestra las cualidades perfectas de Dios y sus cortes celestiales, así como de esa amada idealizada que es Beatriz. Sin embargo, también muestra, casi con dedicación y con gusto, a los seres corruptos y más bajos: sodomitas, criminales y lujuriosos. Puede que ahora estemos acostumbrados a este tipo de personajes en libros, películas y programas de televisión, pero en su momento era un gesto totalmente revolucionario.

ARTE Y MÚSICA DE LA *DIVINA COMEDIA*

La obra de Dante hizo que artistas visuales y músicos se inspiraran e hicieran sus propias interpretaciones de la *Divina Comedia*. Uno de los casos más conocidos es el del pintor inglés William Blake. De su interpretación, se puede decir que hizo su propio viaje por los mundos de los muertos. A comienzos del siglo XIX hizo una serie de cuadros que retrataban escenas del trayecto de Dante. La serie quedó inacabada; proyectar todos los estadios de esa obra medieval era una tarea dificilísima. Las escenas de esta serie están llenas de detalles, colores y figuras monstruosas. Las pinturas son extrañas, casi místicas. Los personajes que se muestran en ellas no parecen totalmente humanos, sino que están abstraídos en su condena.

En música, Tchaikovsky, el compositor ruso del siglo XIX, compuso una poema sinfónico llamado *Francesca da Rimini*, que le rinde homenaje a ese personaje del Infierno de Dante. La música, potente gracias a los instrumentos de percusión, pero por momentos también suave por el predominio de los instrumentos de viento, trata de replicar la tormenta infernal que levanta y mueve a Francesca y Paolo. Verdi también compone una obra hermosísima basada en la *Divina Comedia.* Se trata de la obra coral *Quatro pezzi sacri* («Cuatro piezas sacras») que es un recorrido por el Empíreo del Paraíso de Dante. La obra es interpretada por una orquesta y un coro casi exclusivamente conformado por mujeres; ese coro femenino trata de replicar cierta gracilidad y luminosidad del lugar físico de Dios, sobre todo en la primera pieza, llamada *Ave Maria.*

En la actualidad, *The Sandman*, un cómic premiado del estadounidense Neil Gaiman, toma elementos de la *Divina Comedia* para construir su propio Infierno, hecho de sueños y personajes extraños, dantescos. Tangerine Dream, un grupo de música electrónica, lanzó tres álbumes, *Infierno*, *Purgatorio* y *Paradiso*, recorridos conceptuales por los tres grandes textos de Dante. Además, series de televisión como *Cómo conocí a vuestra madre*, *Los Soprano* y *Mad Men* referencian de formas variadas las escenas y los personajes de la *Divina Comedia.*

PISTAS PARA LA REFLEXIÓN

ALGUNAS PREGUNTAS PARA PRO-FUNDIZAR EN SU REFLEXIÓN...

- ¿Qué otras representaciones del infierno recuerda haber visto en la televisión o en el cine, o haber leído en algún libro? ¿En qué se parecen y en qué se diferencian del Infierno de la *Divina Comedia*?
- La alegoría —distintos niveles de lectura de un texto o una imagen— es fundamental en la *Divina Comedia*. ¿Cómo se imagina que podría ser una alegoría de la vida actual en las ciudades gigantescas en las que vivimos?
- Beatriz es central en la narración de la *Divina Comedia*. Es un personaje idealizado por el autor, que parece venir no de la tierra sino del cielo. En una época en que cada vez más se reivindican los derechos y el papel social de la mujer, ¿cómo ve a este personaje? ¿Se podría decir que es un personaje feminista o que sigue los parámetros del machismo?

- La escritura de la *Divina Comedia* se da en un momento decisivo de la vida de Dante. La confusión espiritual y política lo atormentan. Lo destierran de su ciudad natal y vive un destino bastante triste. ¿Cree que la escritura de un texto puede ayudar a sanar heridas espirituales y a calmar los sentimientos de dolor?

- ¿Cómo se imagina a un Satanás contemporáneo?

- ¿Qué importancia tiene el amor cortés en nuestros días? ¿Le parece que seguimos teniendo una perspectiva idealizada de las personas que amamos, o cree que esa idealización forma parte solamente de telenovelas y canciones pop?

- La *Divina Comedia* acabó de escribirse solo un siglo y medio antes del descubrimiento de América, un suceso que habría de cambiar la historia de Europa y de todo el planeta. ¿Cómo hubiera sido modificada la obra si Dante se hubiera enterado de la existencia de un nuevo continente?

- ¿Por qué piensa que Dante le puso a su texto el título de comedia?

- El arte es un elemento esencial en el Purgatorio. Los ejemplos de virtudes y pecados que tiene

Dante le llegan en esculturas y cantos. ¿Cómo se imagina que puede ser un ejemplo de estos en el mundo contemporáneo con Internet y las grabaciones digitales, por ejemplo?

• ¿A qué espacios de su ciudad se parecen el Infierno, el Purgatorio y el Paraíso de Dante? ¿A las playas turísticas, los cementerios, las cárceles? Explique con ejemplos y argumentos.

¡Su opinión nos interesa!
¡Deje un comentario en la página web de su librería en línea,
y comparta sus favoritos en las redes sociales!

PARA IR MÁS ALLÁ

EDICIÓN DE REFERENCIA

- Alighieri, Dante. 2010. *Divina Comedia*. Madrid: Alianza Editorial.

ESTUDIOS DE REFERENCIA

- Librería Arcángel Rafael, "La jerarquía celeste". Consultado el 26 de julio de 2017. http://www. arcangelrafael.com.ar/lajerarquiacelestedionisio. html

- Alvar, Carlos. Prólogo a *Divina Comedia*, de Dante Alighieri. Madrid: Alianza Editorial, 2010.

- Boase, Roger. 1977. *The Origin And Meaning of Courtly Love*. Manchester: Manchester University Press.

- Borges, Jorge Luis. 1980. *Siete noches*. México D. F.: Editorial Meló.

- Eco, Umberto. 2015. "Dante y el islamismo". *El Espectador*. 7 de marzo. Consultado el 6 de octubre de 2015. http://www.elespectador.com/opinion/ dante-y-el-islamismo-columna-548111

- Eco, Umberto. 1988. *The Aesthetics of Thomas*

Aquinas. USA: Harvard University Press.

- Freccero, John. 2005. "Introduction to Inferno: Allegory and Autobiography". *The Cambridge Companion to Dante*. Cambridge: Cambridge University Press.

- Gangui, Alejandro. s. f. "La cosmología de la Divina Comedia". Ensayo, Instituto de Astronomía y Física del Espacio, CONICET, Centro de Formación e Investigación en Enseñanza de las Ciencias y Departamento de Física, Facultad de Ciencias Exactas y Naturales, UBA. Consultado el 26 de julio de 2017. http://arxiv.org/pdf/0806.4202.pdf

- González-Blanco, Edmundo. 2010. *Evangelios apócrifos*. Traducido por E. G. Blanco. México: Dirección de Publicaciones del Consejo Nacional para la Cultura y las Artes.

- Majad, Musa Ammar. 2009. "La cultura musulmana y la Divina Comedia". *Web Islam*. 10 de enero. Consultado el 26 de julio de 2017. http://www.webislam.com/articulos/35258-la_cultura_musulmana_y_la_divina_comedia.html

- Swabey, Fiona. 2004. *Eleanor of Aquitaine, Courtly Love, and the Troubadours*. Estados Unidos: Greenwood Press.

- Trigueros, José Antonio. 1992. *Conceptos fundamentales de la poética teórica de Dante Alighieri*. Murcia: Universidad de Murcia.

- Colectivo. 1994. *Biblia de Jerusalén*. Bilbao: Alianza Editorial.

- Colectivo. 2011. *El Corán*. Traducido por J. Vernet. Barcelona: Random House Mondadori.

LECTURAS RECOMENDADAS

- Auerbach, Erich. 2008. *Dante, poeta del mundo terrenal*. Traducido por Jorge Seca. Barcelona: Acantilado.

- Borges, Jorge Luis. 2000. *Nueve ensayos dantescos*. Barcelona: Editorial Espasa.

- Palacios, Miguel Asín. 1919. *La escatología musulmana en la Divina Comedia*. Madrid: Imprenta de Estanislao Maestre.

EN RESUMENEXPRESS.COM

- Guía de lectura de *El infierno* de Dante Alighieri.

Resumen
Express.com
GUÍA DE LECTURA

Muchas más guías
para descubrir tu pasión
por la literatura

Cien años
de soledad
de Gabriel García Márquez

El código
Da Vinci
de Dan Brown

El extranjero
de Albert Camus

El viejo
y el mar
de Ernest Hemingway

Los pilares
de la Tierra
de Ken Follett

Macbeth
de William Shakespeare

www.resumenexpress.com